詩七日

Shinanoka

平田俊子
Hirata Toshiko

思潮社

詩七日

平田俊子

思潮社

装幀・毛利一枝
装画・アジサカコウジ
「顔面パンチ②」

詩七日　目次

詩七日

一月七日

旅に出よう
詩を書くためにだけ旅に出よう
そう決めたのに一回目から早くも挫折
夕暮れどきの丸ノ内線に
臆面もなく腰掛けている
中吊りの　女性雑誌の広告は
横書きのピンクの文字が目立つ
わたしとの接点何もなく
じっと見ていると
自分が男になった気分

男になろう
旅に出るのが難しいなら
詩を書くためにだけ男になろう
そう決めたわたしの耳に
「寂しいから犬のトルソーを買ったの」という細い声
そうか　寂しいとき女はトルソーを買うのか
買ったトルソーを抱いて寝るのか
トルソー＝首及び四肢を欠く胴体だけの塑像（広辞苑）
そんなものを買うのが喜びなのか
男のからだも女のからだも
丸ノ内線は等しく運ぶ
けれどもゆれを感じる場所は
ひとりずつ

微妙に違っている

男の駅
女の駅
男の駅
女の駅
電車は順に停車する
男の駅
女の駅
男の駅
女の駅
車体は次第に赤みを帯びる
男の駅
女の駅

男の駅
女の駅
いつしかお客は犬のトルソー

二月七日

道路工事が終わらない
にせものの太陽の下
男らはきつい目をして
ざらついた
アスファルトの皮を剝ぎ
頑なな肉を掘り起こす
濁った悲鳴が
青ざめた寝台に眠るわたしの
耳をひりひり痛めつける

ヴィンセント・ヴァン・ゴッホ
この国でかつてそう呼ばれたわたし
蟻のような右肩の濁点が
気になって仕方なかったが
鳥にでも啄まれたのか
いつしか濁点は姿を消して
今では
フィンセント・ファン・ゴッホ

ヴィンセント・ヴァン・ゴッホ
濁ったわたしの名前
わたしのこころ
フィンセント・ファン・ゴッホ
頼りないわたしの未来
わたしの目

どうかこれ以上
失うものがありませんように
与えられるものがありませんように

きのう読んだ物語の主人公は三十五歳
人工知能の研究者
きょう読んだ新聞には
三十六歳の男が
臓器移植を受けたという記事
なつかしい晩年
その歳にはわたしもまだ生きていて
毎日ひかりと格闘していた
駐車場のかわりに麦畑
排気ガスのかわりにミストラルがあった
三十七歳、四カ月

それから先の自分を知らない

わたしがいなくなったあとも
赤や黄色の産声をあげて
絵の具箱のなかに人はうまれる
贋作の生涯
贋作の自分
わたしの腹に今も残る銃弾
医者はそれをポリープというが
ポリープ　柔らかな半濁音を
濁音のわたしは受け入れられない

三月七日

ゲネラルプローベ
略してゲネプロ
さらに略してゲネともいう
本番通りに照明《あかり》が入り
本番通りに音楽が入り
本番通りの衣裳をつけて
舞台に上がる役者たち

夜の公園　ささやきあう木

『水を運ぶ夜』公演前日。
台本作者としてゲネプロに立ち会う。

よごれた蛇口から水が滴る
黄色いのぼり棒に光があたる
巨大なジャングルジムが息づき始める
客の姿は客席にまだなく
演出家やスタッフが
自分の立場で舞台を観ている
まるで違うことを考えながら
ひとつの舞台をにらんでいる

ゲネラルプローベ
今なら間に合う
せりふの変更　照明の変更
衣裳の変更　　演技の変更
でも　本当に変えたいものは
今さら変えることのできないものだ

上演中止！
上演中止！
叫びたい気持ちが高まってくる
稽古場で
繰り返しつぶやかれたであろう台本への不満が
ゲネラルプローベ　あらわになる
上演中止！
上演中止！
上演中止！
上演中止！

（あの、あなた…。）
（もう、それぐらいで…。ここは夜の公園ですし、
日付も変わったことですし…。）
自分の書いたせりふにたしなめられる

日付が変われば公演初日
もう間に合わない
間に合わない　のか？

ゲネラルプローベ
暗闇のなか
台本をふたつに引き裂く
それでも役者は生きていて
こころにもないことを
舞台で
平気で口にする

四月七日

谷川俊太郎のことを考えている
きょうも
きのうも
おとといも。
図書館にいって
谷川俊太郎の本を三冊借りる
日曜の図書館は
平日よりも疲れた顔をしている

バス停前の

いつか入ろうと思っていた喫茶店は
知らないうちにつぶれていた
その隣にある
いつかいきたいと思っている大杉医院は健在だ
喫茶店より病院のほうが
寿命が長いということなのか

谷川さんの詩集を読み
谷川さんについて少し書く
エッセイをという注文なのに
なぜか行分け詩になってしまう
谷川さんを読んだせいで
からだが行分け詩のリズムに侵されたらしい

おととい

谷川俊太郎を遠目に見た
谷川俊太郎がしゃべるのも聞いた
年を取った人の話は長い
この世にしがみつくようにマイクの前を離れない
谷川さんのスピーチは明るく楽しく簡潔だった
谷川さんはきっとまだ
年寄りになってはいないのだろう

いつか会いたいと思っていた人が先月死んだ
といって特に会いたくない人が
永遠に生きているわけではない
自分は死なない気がするといっていた
宇野千代という人も亡くなった
谷川俊太郎も多分いつかは。
たくさんの追悼文が書かれるだろう

こぞって腕をふるうだろう
一番読みたいのは
谷川さん自身が書いた
明るく楽しく簡潔な追悼文

あと七分できょうも終わる
いいこともなく悪いこともなく
好きでも嫌いでもない一日
きょうも
きのうも
おとといも。
きょうもきのうもおとといも。
谷川俊太郎が片付かないまま
日曜が終わり月曜になる

五月七日

雨よ降れ、雨よ降れえと空にむかって念じていると
灰色の空からポツポツ降り出した
よかった、これで安眠できるとほっとしたのもつかの間
八時になるとショベルカーが
ガツーンガツーンガツーンガツーン
雨天決行で作業を始める
連休もすんだし
遊んでばかりもいられないのだろう
働け働け　元気いっぱい
ひとの眠りを妨げぬよう

（居住者各位

（隣接マンション建築のお知らせ

（工事期間中ご迷惑のかかる事態が生じました場合は

（連絡先　　赤丸興産株式会社

（電話　　　三四七六―三×××

「赤丸興産でございます。ただいま留守にしておりますので御用の……

どうにでもなれという気持ちでコンスタンを多めに飲み
服のまま布団に深く潜り込む
雨よ降れ、雨よ降れえ

ショベルカーをどろどろに溶かしてしまえ

「……もしもし
「寝てた？
「……今何時？
「夕方の四時。連休どうしてた？
「ピパを見た。伊勢丹の屋上で
「聞いたことあるな。何だっけ
ピパ、ツメガエル、南米産
粘土のような色をして落ち葉のように薄っぺら
目は点、口は線、全身は平面
水中でただじっとしている
えさは金魚　生きた金魚を週に二、三匹
このときばかりは素早く動き

たちまち金魚を腹におさめる
「ふうん。今度一緒にピパ見にいこうか
この人の「今度」は実現したことがない
知っているから「そうね」と答える
この人はこちらの様子は訊きたがるくせに
自分のことは話さない
話せない事情があるのだろう
電話を切り　歯ブラシをくわえ
ベランダから解体工事の現場をのぞく
先週までラーメン屋があったところに
二台のショベルカーがいて
一匹の金魚をめぐり
激しく口論している

六月七日

ゆうべ誰かがやってきて
泊めてほしいとつぶやいた
ためらいもせず部屋にあげ
ドアを閉めると
二重にカギをかけた

その人は白いシャツを着て
汗をかいているのに震えている
冷たい飲み物と
あたたかい飲み物

両方出すと
冷たいほうを選んで
一気に飲んだ
それからベッドに倒れ込んだ

この日がくるのを待っていた
この人がいつか　ひとを殺して
匿ってほしいといってやってくる日を
そしたら命がけでこの人を守ると
何年か前　こころに決めた
この日のために引っ越しもせず
電話番号も変えなかった

眼鏡をかけたまま寝るのは
昔のままだ

時々呼吸がとまるのも
昔と同じだ
寝顔を見ていると
会わないでいた数年間が
液体のようなもので埋められていった

朝になってもその人は起きない
夜になっても眠ったままだ
ひとを殺すとこんなにも
たっぷり眠れるものなのか
安らかな寝顔のその人はもう
息をするのさえやめたようなのだ

この日がくるのを待っていた
わたしがこの人の死に水を取る日

この日のために自殺もせず
車に轢かれてもくたばらなかった
冷たい飲み物をもう一杯作り
この人の口に少し含ませ
残りをわたしが飲みほした
もう何があってもきみをはなさないよ
古ぼけた映画のセリフみたいなことを思い
やせこけた頬をつついてみたりした

七月七日

きょうもエアコンはいかれたままだ
ボタンを押すと白い煙が流れ
何かが焦げるにおいがする
ひと晩寝たら治るかと思ったが
そういうものではないらしい
電器屋に電話して修理を頼むと
ただいま大変混んでいますので
涼しくなるまでお待ち下さいといわれた

「ウソはいけませんよ、ヤマモトさん」

窓の下でまたあの男が電話している
「百八十万は無理でもね、十万二十万コツコツと…」

そうだ、ウソはいけない
コツコツは大事だ
しかし一人二役に
そもそも無理があるのではないか
おととしの冬もエアコンは壊れた
暖かい空気が出てこなくなった
冷やすなら冷やす、暖めるなら暖める
どちらかひとつの役目なら
具合が悪くならずにすむのではないか

男一　（ドンドンドン。ドアを叩いて）レイコさーん。
男二　いるんでしょう、レイコさん。

　　　　ちょっと顔を見せてよ。
男一　　（ドンドンドン。ドアを叩いて）レイコさーん。
男二　　いるんでしょう、レイコさん。
　　　　ちょっと出てきなさいよ。

気温が三十一度をこえると
暑さで溶けてしまわないよう
人は話し声のボリュームをあげる
大きな声が五人分集まると
気温は三度上昇する

男一　　（ドンドンドン。ドアを叩いて）レイコさーん。
男二　　いるんでしょう、レイコさん。
　　　　さっきあんたの部屋から出てきた人が

　頭から血を出しててさー。
　ちょっと話を聞かせてよー。

一人一役のやり取りが
順調に続いて夕方になる
エレベーターの脇には
誰かが置いた七夕の笹が立てかけてあり
「十万二十万コツコツと」
「いるんでしょう、レイコさん。
ちょっと顔を見せてよ」
という短冊がぶら下がっている
暑苦しい字で
わたしも願い事を書く
「早くエアコンが治りますように」

八月七日

小説を一本書き終えた
一七〇枚になってしまった
こんなに長くする必要はないのに
書いているうちにどんどんのびた
あしたは父の命日だ
生きていたら七十四歳
命日を前に書き上げることができたのは
父が力を貸してくれたからだろう
手帳を見ると去年のきょうも
小説を一本書き終えている（一五〇枚）

お父さんいつもありがとう
来年もよろしくね

引き続き二〇枚のものを書かなくてはならない
一七〇枚と二〇枚では書き方が違う
二〇枚の書き方がわたしには謎だ
誰かの力を借りたいけれど
しばらく誰の命日もない
一七〇枚から二〇枚ピンハネしてしまおうか
原稿はまだうちにある
あさって
新宿で編集者に会って
手渡すことになっている
二時に会う約束だが
もしかすると一時だったかもしれない

二時か　一時か
いったん迷い始めるとどこまでも迷い続けて
成仏できない
電話で確認すればすむ話だが
ばかだと思われそうでできない
あいだをとって一時半にいくことにしよう

一七〇枚と二〇枚のあいだに
五〇行の詩（＝これ）を書かなくてはならない
二〇枚のピンハネは無理でも
五〇行ならちょろいのではないか
一七〇万入った財布から
五〇円抜き取るようなものではないか
しかし紙幣から硬貨をどうやって抜き取る

「詩なのか」（詩七日）といいながら
お前のはただの詩ではないか
どこが「詩なのか」なのかと
知らない人が因縁をつけてきた
すみません　たて棒を一本増やして
「詩なのだ」（詩七田）にしますといいながら
その人の腕をひっこ抜いてやった
抜いた腕を借りて三行書いた
父によく似た筆跡だった

九月七日

きのうのうちにくればよかった
わたしは大きすぎる長靴を持っている
小さすぎる傘も持っている
土砂降りでも出掛けることはできたのに

きのうのうちにきていたら
東横線の急行で
おじいさんに席を譲ることはなかった
お礼にぶどうをいただいて
荷物をひとつ増やすこともなかった

きのうのうちにきていたら
画廊をひとり占めできたのに
声高に話すグループに
足を踏まれずにすんだのに

きのうのうちにきていたら
轢かれたカエルと目があうことはなかった
たまたま入った楽器屋で見た
親指ピアノが欲しくなることもなかった
きのうのうちにきていたら
みなとみらいの観覧車に乗り
土砂降りを攪拌することもできたのに

ひとりがいやなら誰か誘えばよかった
晴れた日には台所でおろおろしている

雨友達が何人もいる
土砂降りの日なら喜んで
つきあってくれたはずなのに

きのうのうちにきていたら
中華街で
まずい小籠包をほおばることはなかった
四十五分も待たされたあげく

雨あがりの土曜は尻軽女
前科持ちや所帯持ちや癇癪持ちに
おいでおいでと手招きをする

ゆうべのうちにあがったはずの雨は
夜になるとまた降り出した

肉まんを売っている店の隣で
あんこ入りの傘を一本買った
きのうのうちにきていたら
こんな変な傘は買わずにすんだのに

きのうのうちに横浜にくればよかった
何も予定はなかったのに
部屋で雨を見ていただけなのに
きのうのうちにこなかったのは
もちろん土砂降りのせいではない

十月七日

買う気もないのにオープンハウス
見に行くつもりになったのは
地下室があると聞いたから
リバーサイド富士見町、一〇三号
フローリングの二つの部屋と
六帖ほどの小さな地下室
地下室には窓がないので
空気は多少すくなめです

最後の電車も出たあとだから

ふた駅分を川に沿って歩く
いつのまにか雨が降り
いつのまにかやんだらしく
街灯からこぼれたあかりが
路上でぱちぱちはねている

オープンハウス
開いているのは土曜と日曜
それも夕方六時まで
今はもう火曜だし
深夜だし
ドアは閉まっているだろう
だから安心して見に行ける
排気ガスがにおう京王バスの車庫や
明るい人を募集する貼り紙の前を

かるがると通り過ぎ

わたしは人に疎まれている
蔑まれてもいるらしい
でもそんなことどうでもいい
空気も光も足りない地下なら
人の陰口も届かない

やんだはずの雨がぽつぽつと
またぽつぽつと落ちてきた
小学校の金網に使い捨ての傘が三本
仲良く首を吊っている
一本もらおうと手を伸ばしたが
思い直して引っ込めた
雨にぬれながら歩く権利は

女にだってあるだろう

リバーサイド富士見町、一〇三号
窓にはシャッターがおりている
「即入居可」の「築五年」
「新規内装手入れ済み」
インターホンを押しても
もちろん返事はかえってこない
前に住んでいた人はさらに深くもぐり
地下室の下の地下室で
耳をふさいで眠っているから

十一月七日

マルコに耳を切られた
いつか切られるだろうという予感はあったが
まさかきょうだとは思わなかった
耳もとでじゅっと音がして
熱いものがぽたぽた首すじを落ちる
マルコはあわててティッシュで傷口をおさえる
力をこめるから余計に血が出る
マルコは床から耳を拾い上げ
どうもすみませんと頭を下げる
夕方のハサミはすべりやすくて

気にしなくてもいいよ　マルコ
耳も長く伸びたから
カットしようと思っていたとこ

イズミ美容室は七階にある
まわりに高い建物はないし
南に向いて大きな窓が広がっているので
いつでも空が丸見えだ
月に一度エレベーターで空を見にきて
ついでに髪を短くしてもらう
下界は雨でも七階までくると
空は毎日晴れている
高いところで空を見ると
気持ちがいいのはなぜだろうと
ここにくるたびに考える

マルコは丸子　尾道の人だ
俺が高校のとき大林監督が
映画の撮影に尾道にきたっすよ
そのころ俺バンドやってて
髪をトサカにするのが一番うまくて
あ、俺、将来美容師になろうと思って
専門学校にいったんすよ
キリストが磔にされたとき
ヘアメイクしたの俺っすよ
そういうとマルコは
窓からひょいと
わたしの耳を投げ捨てた

マタイ、マルコ、ルカ、ヨハネ

キリストの弟子たちがいる美容室
片耳を失うぐらいの受難は覚悟の上だ
マタイ、マルコ、ルカ、ヨハネ
片耳がなくても空は見える
両耳そろっているよりむしろ
空の広さを実感できる
空には耳
無数の空耳
そのうちのいくつかが
迷える羊雲になることも
耳をなくして初めてわかる

十二月七日

久しぶりに神保町を歩けば
ある古本屋の店先に
「インコをさがしています」の貼り紙
「十一月二十三日の朝いなくなりました
名前はチーちゃん
見つけてくれた方には謝礼を進呈します」

いなくなってから二週間が過ぎている
生きていないだろうと咄嗟に思った
飢え死にするか　凍死するか

ほかの生き物の餌食になるか

インコはもともと熱帯の鳥だ
日本にいるのがそもそもおかしい
インコはインコの国に帰ればいいのだ
無事に帰ったチーちゃんを見て
家族は泣いて喜ぶだろう
チーちゃんと呼ばれて監禁されていたことを
チーちゃんはマスコミに語るだろう

神保町をさらに歩けば
今度は「子猫あげます」の貼り紙
いなくなったインコのかわりに
小さな猫を飼うのはどうか
チーちゃんと名付けて可愛がっていたら

そのうちインコになるかもしれない

「インコをさがしています」
人に頼るな　貼り紙に頼るな
そんなに大事なものならば自分で空にさがしにゆけ
鳥のふりして飛び回るうち
いつかインコになるだろう
家に戻って鳥籠に入れば
人間になったチーちゃんが
あなたの世話をしてくれる

昔　ウサギを飼っている人の家で
「ウサギの寿命ってどれぐらい?」
「だいたい五年ぐらいかな」
「このウサギいくつ?」

「今年で三歳」
その場に居合わせた人たちが
頭のなかで計算するのがわかった
引き算は残酷　もっと残酷なのは
そんな質問をしたわたし

神保町で見かけた貼り紙
チーちゃんの写真は色あせて
悪い病気にかかったよう
いなくなったのは今年ではなく
何年か前の十一月なのだ
わたしは道ゆく人に訊く
「インコの寿命ってどれぐらい？」

十二月七日

七十をいくつか過ぎた人のために
化粧品を買いに行く
シミとシワをきれいに隠してくれる
液体のファンデーションを

初めて会った頃
この人はまだ二十代だった
あまり幸せではない結婚をして
不機嫌な顔で
赤ん坊のおしめを替えていた

三十代のこの人も
楽しそうには見えなかった
カタカタカタとミシンを踏んでは
わけのわからないものを作っていた

四十代のこの人は
娘の日記をこっそり読んで
娘にきた手紙を勝手に開けた
娘が幸せにならないよう呪いをかけた
呪いは実によく効いたので
娘は毎日頭痛で悩んだ

五十代のこの人を知らない
わたしは遠く家を出たから

六十代のこの人も知らない
一度も帰らなかったから

二十数年ぶりに会ったこの人は
七十をいくつか過ぎていて
母というより老人だった
自分の母が
老人になる日がくるとは思わなかったので
ちょっと驚いた

四十代になったわたしは
この人の書いた買い物メモを読み
この人宛ての請求書を勝手に開けて
支払いをすませる

七十を過ぎたこの人のために
化粧品を買いに行く
四十代の頃のこの人を
まだ許してはいないのに

シミやシワをきれいに隠す
液体のファンデーション
わたしはそれで
自分のこころを
隠そうとしているのかもしれない

十四月七日

わたし平凡になりました
平凡な女になりました
いいえもともと平凡ですが
平凡ゆえに
平凡であることを認めたくなく
ほかの人と多少違いはしないかと
平凡にうぬぼれておりました
けれどももう逃げも隠れもいたしません
わたしは平凡
きょうから平凡

いいえ生まれつき平凡でした

平凡は楽しい
平凡は明るい
お正月には神社にいって
神様に願い事をすればよい
桜が咲けば人込みに出掛け
きれいきれいを連発する
夏になったら海にいってはしゃぎ
クリスマスにはわけもわからず
グラスをかちゃかちゃ鳴らすのだ

平凡な男と平凡な女の
平凡なセックス
平凡な男は平凡な紐で

平凡な女のからだを縛り
平凡なアイスクリームを
平凡な女の
平凡な乳首にぬって喜ぶ
平凡な男が平凡な女の
平凡な兄か父だとしても
それはそれで平凡
平凡すぎるぐらい平凡な平凡

平凡なことに
平凡な人は平凡な病気にかかる
平凡な人にはそれが残念
何万人に一人の難しい病気に
平凡な人はあこがれる
平凡な病気に効く薬はたくさんあるから

平凡な人は平凡に回復し
平凡な社会に平凡に戻る

好きな人には優しくて
嫌いな人には意地悪をする
平凡な人の単純明快
悲劇を見て泣き
喜劇を見て笑う
平凡な人のあたたかさ
起きて働き　食べて寝る
平凡な一日
平凡な生涯
わたしはどこまで平凡になれるか

十五月七日

雨が降っているらしい
推量の形を使うのは
見たわけではなく
それらしい音を
窓越しに聞いているからだ

「ダイアン、ここに銃がある。
これでウサギを撃ってこい」
ラジオで誰かが会話している
「ジョー、無理よ。そんなことできないわ」

「いいか、ダイアン。この小屋にはもう
クラッカー一枚残っちゃいない。

飢え死にしたくなければウサギを撃つんだ」

「町にいって食べ物を買ってくるわ」

「片道だけで三日はかかる」

「平気よ。ついでに医者に寄って
あなたの傷に効く薬をもらってくるわ」

「そんなことをしてみろ。すぐ警察に通報されるぞ」

男がキツネと間違えて
犬を射殺したという記事を先月新聞で読んだ
殺されたのが犬　それも飼い犬だったから
犬も飼い主も気の毒に思った
おかしなことだが飼っていたのが別の動物
たとえばヘビかイノシシだったら

違う感想を抱いただろう
まして野生の生き物なら

ダイアンが戻ってきた
「ああ、ジョー。どうしたらいいかしら」

「どうした。何があったんだ」

「ウサギを撃ったわ。あなたにいわれた通り」

「そうか。よくやった」

「でもそのウサギ、飼い主がいたの。

その人かんかんに怒って追いかけてきたわ。

もうすぐここにくるはずよ」

「心配するな。そいつも撃ち殺してしまえばいい」

ラジオの受信状態が悪い
テレビをつけると同じドラマをやっている

「ああ、ジョー。どうしたらいいかしら」

「どうした。キツネと間違えて飼い犬を撃ったか」

「いいえ、ウサギを撃った猟師を殺してウサギの肉を奪ってきたの。

ウサギを撃つのはかわいそうだったから」

「心配するな。ウサギの敵を討ったと思えばいい」

窓の外でたえまなく降りしきる何か
雨のようだが　窓を開けると
銃弾かウサギに早変わりするかもしれない
目にするものと耳にするもの
どちらかひとつは正しいといえるだろうか

十六月七日

姉がジャムを贈ったと聞いたので
妹はパンをプレゼントした
二人はとても仲がよかった

姉がロウソクを贈ったと聞いたので
妹は停電をプレゼントした
二人はとても仲がよかった

姉がまな板を贈ったと聞いたので
妹は鯉をプレゼントした

二人はとても仲がよかった

贈り先はすべて姉妹の母親
しとやかで上品なおばあさん
姉妹の父は数年前に他界した

姉が別荘を贈ったと聞いたので
妹はヨットをプレゼントした
二人はとても仲がよかった

姉が南極に招待したと聞いたので
妹はジャングルにつれていった
二人はとても仲がよかった

ある日　母の姪

姉妹のいとこが
遠い国からやってきた
母はたいそう喜んだ
姉妹もたいそう喜んだ

姉が小鳥を贈ったと聞いたので
妹は猫をプレゼントした
それを聞いたいとこは
ハツカネズミを贈った
三人はとても仲がよかった

いとこが太陽を贈ったと聞いたので
妹は日傘をプレゼントした
それを聞いた姉は
雨雲を贈った

三人はとても仲がよかった
ある日　母親が亡くなった
あるはずの遺産はどこにもなかった
姉はわめき
妹は寝込み
いとこはもう一人の伯母のもとに去った
三人はそれきり会うことはなかった
三人はとても仲がよかった

十七月七日

夕方六時になりました
風の強い日は時間のたつのが早い
時計の針が風にせかされるせいだ
公園では　おじいさんが
自転車に乗る練習をしている
風にあおられ　こけてばかりいるので
こける練習をしているみたいだ

ひとつき前
この公園で惨劇があった

それほど強い風でもないのに
しきりに桜が散ったのだ
花を散らすのは風の殺意
それとも枝の裏切りだろうか
地面を埋めつくした無残な死体は
もう一枚も残っていない
何も事件などなかったように

赤い雀の詩を読んで以来
そとを歩くたびに赤い雀をさがしてしまう
こんなに風の強い日は
どこからか降ってくると思ったが
白や黄色の雀ばかりが離着陸を繰り返す
赤い雀など最初から
詩のなかにしかいないのだろうか

夕方六時になりました
六時になっても
おじいさんはまだこけてばかりだ
自転車が大きすぎるのだ
孫のおふるなのだろう
おじいさんの足は　みぎひだり
色の違う靴下をはいている
あれも孫のおふるだろうか
こけてばかりいるのは靴下のせいだ

わずかな風にも花は散るのに
強い風でも葉っぱは平気だ
葉っぱと風との間には
協定が結ばれているらしい

自転車の車輪も　雀の羽根も
おじいさんの小さな目鼻も
今にも吹き飛ばされそうなのに

ずっとおじいさんを見ているうちに
古い知り合いのような気がしてきた
もっと見ていると
おじいさんの靴下が赤い雀に見えてきた
さらに見ていると
このおじいさんこそ赤い雀の詩を書いた
詩人そのひとに見えてきた

十八月七日

しかしどうしてホトトギスだけ
特別扱いなのだろう
時鳥　子規　不如帰はもちろん
杜鵑　杜宇　蜀魂　沓手鳥
すべてホトトギスと読むらしいのだ
あんなに大きく美しい鶴も
あんなに鋭い目をした鷲も
一種類の漢字しか与えられていないのに
ほかの鳥の巣に卵を産みつけるこの厚かましい鳥だけが
何種類もの書き方を有する

これも厚かましさゆえなのか
鰻丼と書いても
火縄銃と書いても
ホトトギスと読むのかもしれない

テッペンカケタカ
もしくは特許許可局と
ホトトギスは鳴くといわれる
ホトトギスの声をいくら聞いても
テッペンカケタカとはどうしても聞こえない
「テッペン」は「ペン」にアクセントがあるが
ホトトギスは「テッ」の部分に力を入れて鳴いている
おかしい　もしかすると別の鳥の声と
間違えて伝えられたのではないか

調べていくと
天辺カケタカと鳴く　と書かれた歳時記があった
特許許可局という要領でテンペンカケタカと発音すると
（つまりテンとケタを強くいうと）
ホトトギスの鳴き方に似てなくもない
天辺とは「空の高いところ。空のはて」（広辞苑）
天辺が欠けるとは　フロンガスが原因で
オゾンホールができることをいう
のだろうか

早朝五時
神田川にかかる小橋を渡るとき
ネッシーをうんと小さくしたような黒い生き物が
水中に沈むのが遠目に見えた
何だろう　今のは何だったのだろう

生き物が消えたあたりに近づいて
ふたたび浮いてくるのを待った
やがて現れたその生き物は
カーブした長い首と
長いクチバシをもっていた
鵜だよ　これは鵜であるよ
名前の最初の一音が
最後の一音でもある母音の水鳥
この川で鴨や鷺は時々見かけるが
鵜を目にするのは初めてだ
潜るのが得意なその黒い鳥は
たびたび水中に姿を消しては
ほかの母音を探すのだった

十九月七日

わたしが夜通し起きていることを知っている人が
電話してきて
あした大事な用があるから
七時にモーニングコールしてくれという
おやすい御用と請け負ったけれど
絶対寝てはいけないと思うと
とたんにまぶたが重くなる
いつもはたちまち過ぎる時間が
今夜はじっととまったままだ
朝まで起きている自信がないので

誰かに電話し
あした大事な用があるから
七時五分前にモーニングコールしてくれるよう頼もうとしたが
おやすい御用と請け負ったその人は
とたんにまぶたが重くなり
別の誰かに電話して
あした
七時十分前にモーニングコールしてくれるよう
頼むことになるかもしれない
こういうことを悪循環というのか
循環バスはあすも順調に
循環器系統を走るだろうか（つまらんシャレだ）

どうせ友人を起こすなら
歌をうたって起こしてあげよう

モーニング（ソング）コールというわけ
『愛唱名歌集』をぱらぱらめくると
「モーツァルトの子守歌」
「ブラームスの子守歌」
「シューベルトの子守歌」と
眠気をもよおす歌ばかり並んでいる
その罠を何とかかいくぐると
突然「ほととぎす」が現れた
一カ月ぶりの
ほととぎすとの再会
今度のほととぎすは
近藤朔風訳詞、ライトン作曲の
明治の歌だ

わたしはこの歌を知っている

高校の音楽の授業のとき
松山先生はピアノでこの曲を弾いたが
生徒に一度歌わせただけで
はい、次といって
「サンタルチア」に移ってしまわれた
「ほととぎす」は教育上
あまり重要ではなかったらしい
（いい歌なのに）
昔　歌いそこなったぶんを取り戻そうと
わたしは繰り返し
繰り返し「ほととぎす」を歌う
朝の七時はとうに過ぎたが
それでも歌をやめることができない

二十月七日

何年も
友人に借りたままの本のなかに
漂母という言葉を見つけた
何度か
繰り返して読んだ本なのに
今まで漂母を見過ごしていた

漂母って何だろう
家出し　漂泊する母親だろうか
海で溺れる母親だろうか

辞書を引くと
「洗濯をする老婆」とあった
予想したより常識的な母の姿だった

この場合の洗濯とは
「綿や布を水でさらすこと」
洗剤も洗濯機も使わないらしい
川に洗濯にいき
桃を拾ったおばあさん
ああいう人が漂母だろう
漂母はとってもエコロジカル
そのご褒美に桃太郎をさずかった

漂母は今でもいるのだろうか

きのう見かけたおばあさんは
犬をつれて歩いていた
おばあさんが着ている服は
洗いたてのにおいがした
犬はからだを洗われるのが
あまり好きではなさそうだった

きょう見かけたおばあさんは
小さな孫をつれて歩いていた
洗っても洗っても
孫はすぐに服を汚してしまう
汚れた服を脱がすとき
おばあさんは一瞬
快感を味わうのだった

おととい見かけたおばあさんは
自分の影をつれて歩いていた
洗濯に失敗し
ところどころ縮んでいる影だった

漂母は今や
辞書のなかにしかいないのかもしれない
古い辞書のなかで
毎日洗濯ばかりしているのかもしれない
洗うものもとうになくなって
自分の目玉や入れ歯をはずしては
しきりに水にさらしている漂母

二十一月七日

西荻窪に　知り合いのライブを聞きにいく
その知り合い（Ａさん）は会社を辞めて
もうすぐ関西に引っ越すという
なぜ引っ越すのかわたしにはわからない
Ａさんにだってわからないのかもしれない

Ａさんは普段ネクタイをしめて
地味なメガネをかけている
きょうはどちらもはずして派手なＴシャツだ
Ａさんに昼の顔と夜の顔があることを初めて知った

明け方や夕方の顔もあるのだろうか
二本のギターをかわるがわる抱え
マイクにむかって声をはりあげるAさん
知ってる人の知らない姿に照れて
ジンジャーエールを黙って吸った

十三年前　関西から出てきたわたしが
最初に住んだのが西荻窪だった
駅から徒歩十五分の古いアパート
歩けば歩くほど道はのび
なかなか部屋までたどりつけなかった
大家さんはきれいで品のいい老婦人で
関西にはいないタイプの人だった
月末に家賃を届けるたびに
じぶんが東京にいることを実感した

平日の午後　部屋にいると
玄関のカギが外からはずされ
ドアをあけて大家さんが入ってきた
わたしに気づくと「あら、いらしたの」と
平然といって出ていった
関西にいたとき　大家さんが
勝手に部屋に入ってきたことはなかった
やはり関西にはいないタイプの人なのだ

大家さんは何のためにわたしの部屋にきたのだろう
大家さんにもわからないかもしれない
わたしは何のために東京にきたのだろう
大家さんなら知っているかもしれない

ライブのあと
神明通りの信愛書店にいくと
大きなマンションに建ちかわり
その一階に移っていた
西荻窪にきた記念に本を買おうと思い
「正法眼蔵」を探したが
見当たらないので
「『奇譚クラブ』の人々」にした
どちらも似たようなものだろう
昼の顔と夜の顔が
道元にだってあっただろう

二十二月七日

きょうもまだ金木犀が匂っている

今月一日
窓を開けると
金木犀がいきなり匂った
前日まで何の気配もなかったのに
この日はどこにいっても
金木犀の匂いがついてまわった
金木犀の解禁日だったのかもしれない

十三年前の秋
飼っていた猫が事故死した
金木犀がきつく匂う日だった
以来　金木犀の季節がくるたびにつらかった
なのに今年は
ああ、いい匂いだと素直に思った
これはどういうことだろう
わたしはあの子を忘れかけているのか
全身真っ白の猫だったから
白い袋を見てもあの子に見えた
白い枕を見てもあの子に見えた
白い猫を見ると
これはあの子ではないと
自分にきっぱり言い聞かせた
その習慣も

少しずつゆるくなっている

恐山にいくと
骨をまいたように地面が白かった
金木犀のかわりに硫黄が匂う
高いところで透明な湯がわき
低いほうへちろちろ流れていく
湯が流れ去り　乾いたあとは
黄色いまだら模様ができている

山は静かで
巫子《いたこ》はひとりしかいなかった
廊下には
もう若くはない女が四人
横座りをして自分の番を待っている

ガラス戸の向こうの巫子の声は聞こえず
女たちも口を閉ざしている
わたしも黙って横座りをした

猫の霊もおろしてくれるだろうか
まだ生きている父親の霊を
おろしてもらった人もいるらしいから
たぶん問題ないだろう
おろした霊に姿を与え
つれて帰ることはできるだろうか
死んだ猫と
金木犀を眺めながら
ゆっくり話がしたいのだが

二十三月七日

ブッダはいう、ただ独り歩めと
犀の角のようにただ独り歩めと
「一切の生きものに対して暴力を加えることなく、
一切の生きもののいずれをも悩ますことなく」
「犀の角のようにただ独り歩め」

ブッダさん、ブッダさん
わたしはゆうべ激しく人をなじりました
なじる必要は全然なかった
静かに話せばすむことなのに

高ぶる感情を押さえきれませんでした
ゆうべ人に投げつけたひどい言葉が
きょう自分に届き　涙していいます

ブッダはまたいう
「交わりをした者には愛恋が生ずる。
愛恋にしたがってこの苦しみが起る。
愛恋から患《うれ》いの生ずることを観察して、
犀の角のようにただ独り歩め」

はい、その人と交わりました
今でも愛しく思っています
けれど人は人　おのれはおのれ
いくら欲しくても手に入れることはできません
そういうことへのいらだちが

別の理由にかこつけて
その人をなじらせたのかもしれません

ブッダはまたこうもいう
「朋友・親友に憐れみをかけ、
心がほだされると、おのが利を失う。
親しみにはこの恐れのあることを観察して、
犀の角のようにただ独り歩め」

これは少々冷たいお言葉
その人のためならおのが利を失うことも厭いません
その人の利のために
おのが利を捨ててもいいとさえ思っています
わたしが利というものを持ち合わせているとしてですが

ブッダはまたこうもいう
「実に欲望は色とりどりで甘美であり、
心に楽しく、種々のかたちで心を攪乱する。
欲望の対象にはこの患いのあることを見て、
犀の角のようにただ独り歩め」

はい、その人こそ欲望の対象　甘美のみなもと
つねに心は乱されます
対象から遠く離れて　犀の角のようにも
牛の角のようにも歩みたいと思うのですが
あまりに対象が愛しくて一歩も歩き出せないのです

「　」内は岩波文庫『ブッダのことば』（中村元訳）からの引用です。

二十四月七日

「この先、ゆれますのでご注意下さい」
のどかな声がバスのなかを泳ぐ
それは困ります、運転手さん
わたしは洗面器を抱えています
洗面器のなかには金魚が一匹
バスがゆれると水をひきつれて
金魚が飛び出してしまいます

「この先、ゆれますのでご注意下さい」
ゆらすのはあなた

それともバス自身ですか
風邪の予防には注射をします
ゆれを防ぐ注射はないのですか

実はわたくし乗り物に酔います
この先、吐きますのでご注意下さい
エチケット袋なんて持ってません
洗面器ならありますけど
金魚が泳いでいますから使うわけにはいきません
ゲロまみれの金魚なんて
あなた見たくないでしょう?

みちゆきって名前の知り合いが二人いました
ひとりは小学校の若い教師で
ひとりは高校の文芸部の先輩でした

親は何を考えてそんな名前をつけたのでしょうね
二人はその後道行きをしたかしら
たぶんしなかったと思いますよ
子どもはなかなか親の期待どおりには
いきませんもの

この金魚の名前もみちゆきっていうんですよ
ほら、口をぱくぱくさせて
何ていってるんでしょうね
死ぬか　死なぬか
死なぬか　死ぬか
わたしにはそう聞こえます
ええ、道行きを持ちかけられてるんです、わたし

「この先、ゆれますのでご注意下さい」

洗面器から金魚が飛び出し
バスの窓からわたしが飛び出す
それも道行きになるんでしょうか
全身打撲で
死ぬか　死なぬか
死なぬか　死ぬか
ずいぶん元気な道行きだあね

この先、ゆれませんのでご注意下さい
この先、死にますのでご注意下さい
この先、死にませんのでご注意下さい

あとがき

この詩集は二〇〇二年二月号から〇四年一月号までの二年間、『現代詩手帖』に連載した作品をまとめたものです。ただし毎年十二月号は年鑑となり、連載はできないという同誌の性格上、「十一月七日」「二十三月七日」は未発表の書き下ろしです。

連載開始の少し前、もう詩はやめようと思っていた。自分の詩に飽き飽きしていたし、この先、詩とどう向き合えばいいかわからなくなってもいた。もちろんそんな気持ちになったのはこのときが初めてではない。詩との倦怠期はそれまでにも何十回となくやってきた。

旧知の編集者から連載の話を持ちかけられたとき、「もう詩はやめようと思っているんだよね」とわたしはいった。「やめてどうするんですか」「どうしようか。イナカに帰ってケッコンするかな。

豆腐屋か製材所の後妻がいいな」働き者のおかみさんに変貌した自分を思い描いてうっとりした。編集者は詩をやめることについて賛成も反対もしなかった。わたしが書かなくても代わりはいくらでもいる。自分はいてもいなくてもいい存在なのだとはっきり思い知らされた。

どうして連載を引き受ける気になったのかよく覚えていない。もしかすると、詩をやめることに反対してくれなかったからかもしれない。

連載第一回目、わたしは詩のあとにこう但し書きをつけた。

二〇〇二年一月より毎月七日を「詩を書く日」と決め、執筆にあてることにした。連載タイトルは『詩七日』。しなのか、と読む。七日に書くという設定に加え、デビュー以来、「これが詩なのか」といわれてきたことに由来する。

えらそうにいってみたものの、すらすらと書けるはずはない。終日机に向かっても一行も浮かんでこないことがほとんどで、実際に書き上がるのは翌日、翌々日、翌々々日……。厳密にいえば「詩七日」ではないのかもしれないが、一篇仕上げるまではわたしにとっては長い七日が続いているのだった。自分なりのルールとして、毎月七日にあったことを詩のモチーフとした。つまり日記ならぬ月記というわけ。

連載を始める前は、自分が書いているのは果たして「詩なのか？」という疑問があった。今あらためて読み返してみると、よくも悪くも詩でしかないという気がする。「詩なのか……（ため息）」といったところだ。それでは詩とは何かというと、それはよくわからないのだが。

詩人といえども生身であるから二年のうちには調子の悪いときもある。いっそなかったことにしたい作品もまじっているけれど、ほかのものと差し替えるのは卑怯である。多少の訂正は加えたが、連載したものをそのまま載せることにした。

後半ホトトギスがやたらと出てくるのは、この時期、正岡子規に入れあげていたからだ。「漂母」という言葉も、子規の「漂母我をあはれむ旅の余寒哉」という句で知った。「十七月七日」の「赤い雀の詩を書いた詩人」とは小野十三郎のこと。『現代詩手帖』はこのとき関西の詩を特集していたので、わたしもこっそり自主参加したという次第。誰か気づいてくれただろうか。

「四月七日」には谷川俊太郎さんが登場する。『現代詩手帖』はこの号で谷川さんの特集を組んでおり、わたしはそちらに散文を書くことになっていた。谷川さんの本をまとめて読み、しばらく谷川漬けになっていたので詩にも谷川さんが出てきてしまった。できればほかのことを書きたかったが、うまく切り替えができなかった。詩を書くことは意外と生理的なことだと思った。谷川さん、無断で登場させてしまい、申し訳ございません。「八月七日」の小説はボツになりました。

平田俊子

平田俊子（ひらた・としこ）　八三年現代詩新人賞を受賞。八四年詩集『ラッキョウの恩返し』を刊行。以後詩集に『アトランティスは水くさい！』、『夜ごとふとる女』、『（お）もろい夫婦』、『ターミナル』（晩翠賞）、『手紙、のち雨』。他の著書に戯曲集『開運ラジオ』、エッセイ集『きのうの雫』、小説集『ピアノ・サンド』などがある。

詩七日《しなのか》

著者
平田俊子

発行者
小田久郎

発行所
株式会社思潮社
〒一六二—〇八四二　東京都新宿区市谷砂土原町三の十五
電話＝〇三—三二六七—八一四一（編集）・八一五三（営業）
FAX＝〇三—三二六七—八一四二
振替＝〇〇一八〇—四—八一二一

印刷所
株式会社文昇堂

製本所
誠製本株式会社

発行日
二〇〇四年七月二十五日初版第一刷　二〇〇四年十一月七日第二刷